阿三妹奉茶 貳

膨風茶

圖文／彭歲玲

𠊎
客語朗讀

阿三妹愛去摎阿萬伯姆捲摘茶，來到上茶崗，樹下有隻大龍罐，有兩儕人坐在該食茶，行兼就聽著佢兜个對話：「這茶米茶，味緒恁甘甜。」「這家人奉茶都泡嚴茶，還愛輒輒來換茶米，實在無簡單。」
阿三妹乜倒了一碗茶來食，感覺身體个瘃毋見忒了，加當有精神。

Asammoi is going to help Aunt Avan pick tea leaves. When she arrives at the upper tea hill where there is a big ceramic tea pot under the tree, she hears two people talking while they are sitting and drinking tea. "This tea-leaf tea tastes very pleasant and sweet." "This family always makes tea-leaf tea when serving tea, and they come frequently to make a new one, which is exceptionally amazing." Asammoi also pours a bowl of tea for herself. Suddenly, all the tiredness of her body is gone, and she becomes more energetic.

阿三妹要去跟阿萬伯姆幫忙採茶，來到上茶崗，樹下有個陶製大茶壺，有兩個人坐在那兒喝茶，走靠近就聽到他們的對話：「這茶葉茶，味道很甘甜。」「這家人奉茶都泡茶葉茶，還要時常來換茶，實在不簡單。」
阿三妹也倒了一碗茶來喝，感覺身體的疲憊都不見了，更加有精神。

🔊英語朗讀

客語朗讀

來到茶岡，阿三妹遠遠就看著當多人既經在茶園肚，囊腰仔繫等茶簍，兩隻手無閒緊摘，還有人對唱山歌：「摘茶愛摘兩三皮～三日無摘老了哩...」。

As soon as Asammoi arrives at the tea hill, she can see from a far distance lots of people in the tea farm. They are busy picking tea leaves ceaselessly with a tea basket tied up to each one of their waists. Some are even singing Hakka hill songs to each other,
"Pick two-three leaves while picking tea leaves. Going three days without picking, how old have they become..."

來到茶岡，阿三妹遠遠就看到很多人已經在茶園裡，腰間繫著茶簍，兩隻手不停地忙著採茶，還有人對唱山歌：「採茶要摘兩三葉～三日沒摘老了哩......」。

英語朗讀

佢煞煞行兼去大聲講：「大家㐖早，吾姆喊𠊎來學摘茶，加減拚手做得無？」「好啊，細人仔㐖岐嶷、㐖肯學。來，揹等茶簍仔𠊎教你，這嫩筍愛艻兩皮一心，耐心慢慢摘，茶簍淰了就摞來分𠊎。」阿萬伯姆親切教佢仰般摘茶。

She walks forward rapidly then speaks loudly, “Good morning everyone. My mom asked me to learn to pick tea leaves here. Can I offer some help?” “Sure. You are such a sensible and capable girl, so willing to learn. Come, carry the tea basket and let me teach you. This tender shoot should be taken two-leaf-one-tip. Pick slowly and patiently, and bring me the tea basket once it is full.” Aunt Avan kindly teaches her how to pick tea leaves.

她趕緊走向前去大聲講：「大家早安，我媽媽叫我來學採茶，多少幫忙一些可以嗎？」「好啊，小孩子這麼懂事能幹、這麼肯學。來，揹著茶簍我教你，這嫩筍要摘兩皮一心，耐心慢慢採，茶簍滿了就提來給我。」阿萬伯姆親切教她如何採茶。

英語朗讀

過一下仔，阿三妹看著伯姆在脣項專門摘該藕絲藕絲个茶葉，感覺當奇怪，就問做麼个恁孆个茶葉還愛摘下來。伯姆講：「這安到『著蜓茶』係分蟲仔咬過个，加減摘，莫打爽。」
阿三妹看等藕絲藕絲个茶葉發豚愕。

After a while, when Asammoi sees the aunt next to her picking not so good-looking tea leaves in particular, she feels strange. So she asks her why she is picking such ugly tea leaves. The aunt replies, "This is called 'Chogien Tea,' which has been chewed by worms. I pick it more or less in order not to waste."
Dazed, Asammoi is looking at the not so good-looking tea leaves.

過一會兒，阿三妹看到伯姆在旁邊專門採不好看的茶葉，感覺很奇怪，就問為什麼這麼醜的茶葉還要採下來。伯姆講：「這叫做『著蜓茶』是被蟲咬過的，多少摘一些，不要浪費。」
阿三妹看著不好看的茶葉發呆。

🔊客語朗讀

阿三妹又當認真問伯姆係麼个蟲仔咬个，四圍緊尋蟲仔个蹤跡。

Asammoi then earnestly asks the aunt by what kind of worms these leaves have been chewed. Meanwhile, she is looking for traces of the worms here and there.

阿三妹又很認真問伯姆是什麼蟲咬的，四周圍一直找尋蟲的蹤跡。

客語朗讀

阿三妹正經像人講个「問到一支柄來擎」，又問：「恁嫅个茶葉，敢好食？摘下來賣敢有人愛？」
伯姆講：「老古句講『做缶師傅食缺碗』，這『著蜒茶』種茶人自家罔食啦，該茶崗龍罐肚裝个就係這種茶，乜還阿蠻香呢！」
阿三妹講：「難怪該下佢聽著過路人阿謟這茶甘甜好食。」
「這『著蜒茶』賣相無好，毋盼得擢忒，大家無嫌得勢。」伯姆自謙回答。

Asammoi kept “asking until the clay pot was broken”, as the expression goes, and ” insistsed on getting to the bottom of the matter , “Will it be nice to drink from such ugly tea leaves? Will you be able to sell them?”
The aunt replies, “An old saying goes, ‘Pottery makers eat with broken bowls.’ This Chogien Tea is still acceptable for tea farmers. The tea served in the tea pot on that tea hill is this kind of tea, which also smells good.”
Asammoi says, “Oh, this is why I heard the passersby praising the tea pleasant and sweet just now.”
“Though this Chogien Tea doesn’t look good for sale, it’s wasteful to discard them. Anyway, it’s good that they don’t mind,” the aunt replies humbly.

阿三妹真的就像人講的「打破砂鍋問到底」，又問：「這麼醜的茶葉，會好喝嗎？摘下來賣會有人要嗎？」
伯姆說：「古人諺語『做陶師傅食破損碗』，這『著蜒茶』種茶人自己覺得還可以喝啦，那邊茶崗茶壺裡裝的就是這種茶，也還蠻香的呢！」
阿三妹說：「難怪剛才我聽到過路人誇獎這茶甘甜好喝。」
「這『著蜒茶』賣相不好，捨不得丟掉，大家不嫌棄啦。」伯姆謙虛回答。

🔊英語朗讀

「你莫看這茶恁𡟓喔，味緒恁特別，無定著下二擺南蛇脫殼變成龍，會當搶市喔。」阿萬伯聽著連細人仔都阿謟，自家緊講緊沙鼻。脣項這兜摘茶个叔姆緊笑，有人應講：「莫膨風哪，係有恁好空啊，𠊎就將若『著蜓茶』安到『膨風茶』好了。」一茶園个人聽著都大聲嘑。

"Don't look down on this tea only just because it looks ugly. The taste is exceptionally good. Who knows? Maybe a plain snake could transform into a dragon someday, and the tea would hit the list of best sellers." Uncle Avan is talking proudly after hearing that even the kid is praising it. The aunts who are picking tea leaves nearby are laughing, and one of them says, "Stop boasting! If it is really so good, let's change the name of your 'Chogien Tea' into 'Pongfung (boasting) Tea.'" All the people in the tea farm suddenly burst into laughter.

「你不要小看這茶這麼醜喔，味道這麼特別，說不定以後南蛇脫殼變成龍，會非常熱賣喔。」阿萬伯聽到連小孩子都誇獎，自己越講越得意。旁邊這些幫忙採茶的叔姆一直笑，有人回應說：「不要吹牛啦，如果有這麼好的話，我就將你的『著蜓茶』叫做『膨風茶』好了。」整園的人聽到都大聲笑。

英語朗讀

 客語朗讀

茶園四圍鳥仔吱吱喳喳、揚蝶仔滿哪飛，阿三妹看著分蟲仔咬過又毋盼得擺忒个茶葉，乜看著茶葉下細蟲仔當像綠色精靈，感覺空氣中有特別甘甜个茶香。

Birds are chirping around the tea farms, and butterflies are dancing here and there. Asammoi now is looking at the worm-chewed tea leaves that are undisposed by the farmers, and she can also see little worms which look like green elves under the tea leaves, feeling an exceptionally pleasant sweetness of tea fragrance pervading the air.

茶園四周鳥兒吱吱喳喳、蝴蝶到處飛舞，阿三妹看到被蟲咬過又捨不得丟掉的茶葉，也看到茶葉下小蟲子很像綠色精靈，感覺空氣中有特別甘甜的茶香。

英語朗讀

客語朗讀

當晝過後，阿萬伯姆喊阿三妹捲手去將大龍罐擐轉來，愛再泡過茶米正毋會臭餿。

After midday, Aunt Avan asks Asammoi to bring back the big ceramic tea pot. The tea-leaf tea shall be remade lest it turns sour.

中午過後，阿萬伯姆叫阿三妹幫忙去將陶製大茶壺提回來，要再泡過茶葉茶才不會臭酸。

🔊英語朗讀

伯姆將煮好个滾水放入大龍罐，再抛一大抛个茶米放入去。阿三妹又問：「伯姆，您逐日恁樣煮毋會忒粗本喔？」伯姆講：「這係分蟲仔食過个，賣相無好毋盼得擲忒个，罔食啦，毋怕。」

The aunt pours boiling water into the big ceramic tea pot then puts a handful of tea leaves into it.
Asammoi asks again, "Aunt, isn't it costing you a lot to make it this way every day?" The aunt says, "These have been chewed by worms, so they are not good or sale. And also, I don't feel like discarding them. Anyway, it's still nice to drink. No problem."

伯姆將煮滾的開水放進陶製大茶壺，抓一大把的茶葉放進去。
阿三妹又問：「伯姆，您每天這樣煮不會太重成本喔？」伯姆說：「這是被蟲吃過的，賣像不好，捨不得丟掉的，還可以喝啦，沒關係。」

客語朗讀

英語朗讀

客語朗讀

臨暗仔，阿三妹學摘了當多茶青，伯姆獎勵佢恁認真，就扡一籃帶茶骨个著蜒茶米，送阿三妹帶轉屋下。

Now evening, Asammoi has learned to pick a lot of tea leaves. In order to encourage her hard work, the aunt gives her a basket of Chogien Tea leaves with stems to take home.

傍晚，阿三妹學摘了很多茶青，伯姆獎勵她這麼認真，就撿一籃帶茶骨的著蜒茶，送阿三妹帶回家。

英語朗讀

阿三妹心肝肚緊想，這『著蜒茶』下二擺毋知會正經安到『膨風茶』無？

Asammoi keeps thinking in her mind whether this “Chogien Tea” will become “Pongfung Tea” someday in the future.

阿三妹心裡一直想，這『著蜒茶』以後不知道會不會真的就叫『膨風茶』呢？

英語朗讀

阿三妹奉茶貳 膨風茶《客語&拼音對照》

【一id ˋ 】P.2

阿a ˊ 三sam ˊ 妹moi愛oi去hi嫪lau ˊ 阿a ˊ 萬van伯bag ˋ 姆me ˊ 揇ten摘zag ˋ 茶ca ˇ ，來loi ˇ 到do上song茶ca ˇ 崗gong ˊ ，樹su下ha ˊ 有iu ˊ 隻zag ˋ 大tai龍liung ˇ 罐gon，有iu ˊ 兩liong ˋ 儕sa ˇ 人ngin ˇ 坐co ˊ 在di該ge食siid茶ca ˇ ，行hang ˇ 兼giam ˊ 就zu聽tang ˊ 著do ˋ 佢gi ˇ 兜deu ˊ 个ge對dui話fa：「這ia ˋ 茶ca ˇ 米mi ˋ 茶ca ˇ ，味mi緒xi恁an ˋ 甘gam ˊ 甜tiam ˇ 。」「這ia ˋ 家ga ˊ 人ngin ˇ 奉fung茶ca ˇ 都du泡pau嚴ngiam ˇ 茶ca ˇ ，還han ˇ 愛oi輒jiab輒jiab來loi ˇ 換von茶ca ˇ 米mi ˋ ，實siid在cai無mo ˇ 簡gien ˋ 單dan ˊ 。」

阿a ˊ 三sam ˊ 妹moi乜me倒do ˋ 了e ˇ 一id ˋ 碗von ˋ 茶ca ˇ 來loi ˇ 食siid，感gam ˋ 覺gog ˋ 身siin ˊ 體ti ˋ 个ge𤸁kioi毋m ˇ 見gien忒ted ˋ 了le ˇ ，加ga ˊ 當dong ˊ 有iu ˊ 精jin ˊ 神siin ˇ 。

【二ngi】P.4

來loi ˇ 到do茶ca ˇ 岡gong ˊ ，阿a ˊ 三sam ˊ 妹moi遠ien ˋ 遠ien ˋ 就zu看kon著do ˋ 當dong ˊ 多do ˊ 人ngin ˇ 既gi經gin ˊ 在di茶ca ˇ 園ien ˇ 肚du ˋ ，囊nang ˇ 腰ieu ˊ 仔e ˋ 繫gie ˊ 等den ˋ 茶ca ˇ 簍lui ˋ ，兩liong ˋ 隻zag ˋ 手su ˋ 無mo ˇ 閒han ˇ 緊gin ˋ 摘zag ˋ ，還han ˇ 有iu ˊ 人ngin ˇ 對dui唱cong山san ˊ 歌go ˊ ：「摘zag ˋ 茶ca ˇ 愛oi摘zag ˋ 兩liong ˋ 三sam ˊ 皮pi ˇ ～三sam ˊ 日ngid ˋ 無mo ˇ 摘zag ˋ 老lo ˋ 了liau ˋ 哩li ˇ ……」。

阿三妹奉茶貳 膨風茶《客語&拼音對照》

【三sam ˊ 】P.6

佢gi ˇ 煞sad ˋ 煞sad ˋ 行hang ˇ 兼giam ˊ 去hi大tai 聲sang ˊ 講gong ˋ ：「大tai家ga ˊ 恁an ˋ 早zo ˋ ，吾nga ˊ 姆me ˊ 喊hem ˊ 𠊎ngai ˇ 來loi ˇ 學hog摘zag ˋ 茶ca ˇ ，加ga ˊ 減gam ˋ 揙ten手su ˋ 做zo得ded ˋ 無mo ˇ ？」「好ho ˋ 啊a ˊ ，細se人ngin ˇ 仔e ˋ 恁an ˋ 岐kia ˊ 嶷ngia ˋ 、恁an ˋ 肯hen ˋ 學hog。來loi ˇ ，揹ba ˇ 等den ˋ 茶ca ˇ 簍lui ˋ 仔e ˇ 𠊎ngai ˇ 教gau ˊ 你ngi ˇ ，這ia ˋ 嫩nun筍sun ˋ 愛oi竻ned ˋ 兩liong ˋ 皮pi ˇ 一id ˋ 心xim ˊ ，耐nai心xim ˊ 慢man慢man摘zag ˋ ，茶ca ˇ 簍lui ˋ 淰nem ˊ 了e ˇ 就zu摜kuan來loi ˇ 分bun ˊ 𠊎ngai ˇ 。」阿a ˊ 萬van伯bag ˋ 姆me ˊ 親qin ˊ 切qied ˋ 教gau ˊ 佢gi ˇ 仰ngiong ˋ 般ban ˊ 摘zag ˋ 茶ca ˇ 。

【四xi】P.8

過go一id ˋ 下ha仔e ˋ ，阿a ˊ 三sam ˊ 妹moi看kon著do ˋ 伯bag ˋ 姆me ˊ 在di脣sun ˇ 項hong專zon ˊ 門mun ˇ 摘zag ˋ 該ge藕ngiau ˊ 絲xi ˊ 藕ngiau ˊ 絲xi ˊ 个ge茶ca ˇ 葉iab，感gam ˋ 覺gog ˋ 當dong ˊ 奇ki ˇ 怪guai，就zu問mun做zo麼mag ˋ 个ge恁an ˋ 㾓ze ˋ 个ge茶ca ˇ 葉iab還han ˇ 愛oi摘zag ˋ 下ha ˊ 來loi ˇ 。伯bag ˋ 姆me ˊ 講gong ˋ ：「這ia ˋ 安on ˊ 到do『著cog蝭ien ˇ 茶ca ˇ 』係he分bun ˊ 蟲cung ˇ 仔e ˋ 咬ngau ˊ 過go个ge，加ga ˊ 減gam ˋ 摘zag ˋ ，莫mog打da ˋ 爽song ˋ 。」阿a ˊ 三sam ˊ 妹moi看kon等den ˋ 藕ngiau ˊ 絲xi ˊ 藕ngiau ˊ 絲xi ˊ 个ge茶ca ˇ 葉iab發bod ˋ 琢dog ˋ 愕ngog ˋ 。

阿三妹奉茶貳 膨風茶《客語&拼音對照》

【五ng ˋ】P.10

阿a ˊ 三sam ˊ 妹moi又iu當dong ˊ 認ngin真ziin ˊ 問mun伯bag ˋ 姆me ˊ 係he麼mag ˋ 个ge蟲cung ˇ 仔e ˋ 咬ngau ˊ 个ge，四xi圍vi ˇ 緊gin ˋ 尋qim ˇ 蟲cung ˇ 仔e ˋ 个ge蹤jiung ˊ 跡jiag ˋ 。

【六liug ˋ 】P.12

阿a ˊ 三sam ˊ 妹moi正ziin經gin ˊ 像qiong人ngin ˇ 講gong ˋ 个ge「問mun到do一id ˋ 支gi ˊ 柄biang來loi ˇ 擎kia ˇ 」，又iu問mun：「恁an ˋ 嫌ze ˋ 个ge茶ca ˇ 葉iab，敢gam ˋ 好ho ˋ 食siid？摘zag ˋ 下ha ˊ 來loi ˇ 賣mai敢gam ˋ 有iu ˊ 人ngin ˇ 愛oi？」

伯bag ˋ 姆me ˊ 講gong ˋ ：「老lo ˋ 古gu ˋ 句gi講gong ˋ 『做zo缶fi ˇ 師sii ˊ 傅fu食siid缺kied ˋ 碗von ˋ 』，這ia ˋ 『著cog蜒ien ˇ 茶ca ˇ 』種zung茶ca ˇ 人ngin ˇ 自qid家ga ˊ 罔mong ˋ 食siid啦la ˋ ，該ge茶ca ˇ 崗gong ˊ 龍liung ˇ 罐gon肚du ˋ 裝zong ˊ 个ge就zu係he這ia ˋ 種zung ˋ 茶ca ˇ ，乜me還han ˇ 阿a ˊ 蠻man ˇ 香hiong ˊ 呢ne ˊ ！」

阿a ˊ 三sam ˊ 妹moi講gong ˋ ：「難nan ˇ 怪guai該ge下ha偃ngai ˇ 聽tang ˊ 著do ˋ 過go路lu人ngin ˇ 阿o ˊ 諾no ˋ 這ia ˋ 茶ca ˇ 甘gam ˊ 甜tiam ˇ 好ho ˋ 食siid。」

「這ia ˋ 『著cog蜒ien ˇ 茶ca ˇ 』賣mai相xiong無mo ˇ 好ho ˋ ，毋m ˇ 盼pan得ded ˋ 擢vog ˋ 忒ted ˋ ，大tai家ga ˊ 無mo ˇ 嫌hiam ˇ 得ded ˋ 勢sii。」伯bag ˋ 姆me ˊ 自cii謙kiam ˊ 回fi ˇ 答dab ˋ 。

阿三妹奉茶 貳 膨風茶《客語&拼音對照》

【七qid ˋ 】P.14

「你ng ˇ 莫mog看kon這ia ˋ 茶ca ˇ 恁an ˋ 㜺ze ˋ 喔o ˊ ，味mi緒xi恁an ˋ 特tid別ped，無mo ˇ 定tin著cog下ha二ngi擺bai ˋ 南nam ˇ 蛇sa ˇ 脫tod ˋ 殼hog ˋ 變bien成siin ˇ 龍liung ˇ ，會voi當dong ˊ 搶qiong ˋ 市sii喔o ˊ 。」阿a ˊ 萬van伯bag ˋ 聽tang ˊ 著do ˋ 連lien ˇ 細se人ngin ˇ 仔e ˋ 都du阿o ˊ 諾no ˋ ，自qid家ga ˊ 緊gin ˋ 講gong ˋ 緊gin ˋ 沙sa ˊ 鼻pi。脣sun ˇ 項hong這ia ˋ 兜deu ˊ 摘zag ˋ 茶ca ˇ 个ge叔sug ˋ 姆me ˊ 緊gin ˋ 笑seu，有iu ˊ 人ngin ˇ 應en講gong ˋ ：「莫mog膨pong風fung ˊ 哪na ˊ ，係he有iu ˊ 恁an ˋ 好ho ˋ 空kung ˊ 啊a ˇ ，偃ngai ˇ 就zu將jiong ˊ 若ngia ˊ 『著cog蜒ien ˇ 茶ca ˇ 』安on ˊ 到do『膨pong風fung ˊ 茶ca ˇ 』好ho ˋ 了le ˊ 。」一id ˋ 茶ca ˇ 園ien ˇ 个ge人ngin ˇ 聽tang ˊ 著do ˋ 都du大tai聲sang ˊ 嘘nag ˋ 。

【八bad ˋ 】P.16

茶ca ˇ 園ien ˇ 四xi圍vi ˇ 鳥diau ˊ 仔e ˋ 吱ji吱ji喳za喳za、揚iong ˇ 蝶iag仔e ˋ 滿man ˊ 哪na ˋ 飛bi ˊ ，阿a ˊ 三sam ˊ 妹moi看kon著do ˋ 分bun ˊ 蟲cung ˇ 仔e ˋ 咬ngau ˊ 過go又iu毋m ˇ 盼pan得ded ˋ 擢vog ˋ 忒ted ˋ 个ge茶ca ˇ 葉iab，乜me看kon著do ˋ 茶ca ˇ 葉iab下ha ˊ 細se蟲cung ˇ 仔e ˋ 當dong ˊ 像qiong綠liug色sed ˋ 精jin ˊ 靈lin ˇ ，感gam ˋ 覺gog ˋ 空kung ˊ 氣hi中zung ˊ 有iu ˊ 特tid別ped甘gam ˊ 甜tiam ˇ 个ge茶ca ˇ 香hiong ˊ 。

【九giu ˋ】P.18

當dong ˊ 晝zu過go後heu，阿a ˊ 萬van伯bag ˋ 姆me ˊ 喊hem ˊ 阿a ˊ 三sam ˊ 妹moi捘ten手su ˋ 去hi將jiong ˊ 大tai龍liung ˇ 罐gon摜kuan轉zon ˋ 來loi ˇ，愛oi再zai泡pau過go茶ca ˇ 米mi ˋ 正zang毋m ˇ 會voi臭cu餿seu ˊ 。

【十siib】P20

伯bag ˋ 姆me ˊ 將jiong ˊ 煮zu ˋ 好ho ˋ 个ge滾gun ˋ 水sui ˋ 放biong入ngib大tai龍liung ˇ 罐gon，再zai扡ia ˋ 一id ˋ 大tai扡ia ˋ 个ge茶ca ˇ 米mi ˋ 放biong入ngib去hi。

阿a ˊ 三sam ˊ 妹moi又iu問mun：「伯bag ˋ 姆me ˊ，您ngi ˇ 逐dag ˋ 日ngid ˋ 恁an ˋ 樣ngiong ˋ 煮zu ˋ 毋m ˇ 會voi忒ted ˋ 粗cu ˊ 本bun ˋ 喔o ˇ ？」伯bag ˋ 姆me ˊ 講gong ˋ ：「這ia ˋ 係he分bun ˊ 蟲cung ˇ 仔e ˇ 食siid過go个ge，賣mai相xiong無mo ˇ 好ho ˋ 毋m ˇ 盼pan得ded ˋ 擢vog ˋ 忒ted ˋ 个ge，罔mong ˋ 食siid啦la ˋ，毋m ˇ 怕pa。」

阿三妹奉茶貳 膨風茶《客語&拼音對照》

【十siib一id ˋ】P.22
臨lim ˇ 暗am仔e ˋ ，阿a ˊ 三sam ˊ 妹moi學hog摘zag ˋ 了le ˇ 當dong ˊ 多do ˊ 茶ca ˇ 青qiang ˊ ，伯bag ˋ 姆me ˊ 獎jiong ˋ 勵li佢gi ˇ 恁an ˋ 認ngin真ziin ˊ ，就zu抛ia ˋ 一id ˋ 籃lam ˇ 帶dai茶ca ˇ 骨gud ˋ 个ge著cog蜒ien ˇ 茶ca ˇ 米mi ˋ ，送sung阿a ˊ 三sam ˊ 妹moi帶dai轉zon ˋ 屋vug ˋ 下ka ˊ 。

【十siib二ngi】P.24
阿a ˊ 三sam ˊ 妹moi心xim ˊ 肝gon ˊ 肚du ˋ 緊gin ˋ 想xiong ˋ ，這ia ˋ 『著cog蜒ien ˇ 茶ca ˇ 』下ha二ngi 擺bai ˋ 毋m ˇ 知di ˊ 會voi正ziin經gin ˊ 安on ˊ 到do『膨pong風fung ˊ 茶ca ˇ 』無mo ˇ ？

阿三妹奉茶 貳之 **膨風茶**

彭歲玲簡介

原籍苗栗三義，台東大學華語文學系台灣語文教育碩士，國小教職退休後，持續著力於客家文化及語言的傳承，現任客家委員會委員、客語薪傳師、講客廣播電臺主持人。

喜愛文學與繪畫，客語文學作品曾多次獲獎如：桐花文學獎、教育部閩客語文學獎、客家筆會創作獎、六堆大路關文學獎、苗栗文學集入選出版等。參與客家女聲女詩人團隊吟詩展演，喜歡創作及吟唱客語詩分享客語之美。

現居台東，專注創作，也帶領孩童創作詩畫及童話繪本。

一、個人作品有：詩畫選集《記得你个好》。繪本《雲火龍》、《阿三妹奉茶—添丁亭、膨風茶、礱糠析》、《沙鼻牯》。

二、師生合著作品有：《蟻公莫偓-客華雙語童詩童畫集》、細人仔狂想童話集系列《來尞喔》、《湛斗喔》、《當打眼》、《毋盼得》。

指導贊助：文化部 MINISTRY OF CULTURE 客家委員會 Hakka Affairs Council
出版單位：臺東縣藝術人文三創協會
發行人：彭歲玲
創作者：彭歲玲
總成：朱恪濬
設計完稿：禾子設計
影音：許欣展
插畫協力：許佩樺
英文翻譯：呂曉婷
英語錄音：John-Michael L. Nix
客語四縣腔錄音：彭歲玲
地址：臺東縣臺東市新生路455號
郵電：kcchu18tw@gmail.com
電話：089-320955
印刷所：久裕印刷事業股份有限公司
地址：新北市五股工業區五權路69號
電話：02-22992060
出版年月：中華民國107年12月/初版
中華民國108年5月/第二版
中華民國109年11月/第三版
每套定價：NT$1000元

購書方式
郵局劃撥帳號：06721619
戶名：澎澎工作室
電話：0919-139938
電郵：ponling4840@gmail.com

作者相關參考資訊請搜尋「靚靚山海戀」，或掃描QR Code。

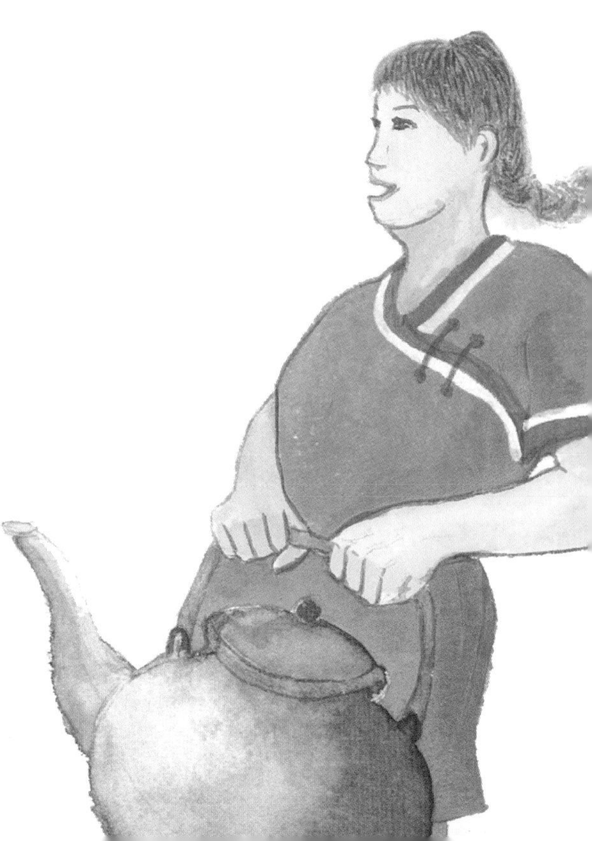

ISBN：978-986-94342-3-2